张震 著

时差

Разница во времени

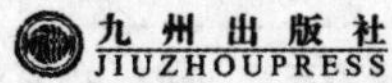
九州出版社
JIUZHOUPRESS

图书在版编目（CIP）数据

时差 / 张震著. -- 北京 : 九州出版社, 2011.7
ISBN 978-7-5108-1067-1

Ⅰ. ①时… Ⅱ. ①张… Ⅲ. ①长篇小说－中国－当代
Ⅳ. ①I247.5

中国版本图书馆CIP数据核字(2011)第135919号

时差

作　　者 张 震
出版发行 九州出版社
出 版 人 徐尚定
地　　址 北京市西城区阜外大街甲35号(100037)
发行电话 (010)68992190/2/3/5/6
网　　址 www.jiuzhoupress.com
电子信箱 jiuzhou@jiuzhoupress.com
印　　刷 北京市通州富达印刷厂
开　　本 787毫米×1092毫米 32开
印　　张 4.5
字　　数 35千字
版　　次 2011年8月第1版
印　　次 2011年8月第1次印刷
书　　号 ISBN 978-7-5108-1067-1
定　　价 22.00元

目录

时 差

Разница во времени

对于一个年轻的作家来说，能够得到去参加国际作家讨论会的邀请，实在是莫大的荣幸。五月初的西伯利亚依然残留着冬季的痕迹，大地刚刚从冰雪中复苏，那群洁白的天使化作潺潺地流水，随物赋形地向下流动着，似为这漫长的寒冬唱着片尾曲。刚下飞机就被扑面袭来的寒气击的浑身打怵，幸好在出国前妻子强行往旅行包里塞了几件保暖的衣服，这使我无时无刻地感受到家庭

的温暖。要知道，不管在国内还是在国外，所谓的讨论会都是补充睡眠的最好去处。第一天的会议结束后，我谢绝了举办方的晚宴邀请，独自一人漫步浏览这座陌生的城市。西伯利亚号称俄罗斯的第三大城市，但到处都弥漫着古老的建筑风格，这和国内一切都追逐潮流，崇尚现代化的思想形成鲜明的对比。在经过一座白色建筑物的时候，我发现门口的牌子上赫然写着一行汉字：中国画家张少聿个人画展。能在异国欣赏到同胞的作品，除了惊讶外更多的是喜悦和骄傲，于是我信步走了进去。大厅中的客人并不多，透过玻璃窗折射进来的阳光洒在墙壁的画卷上，显得格外幽雅。虽然写作和绘画都统称为艺术，但它们之间的鉴赏却是截然不同，所以我这个门外汉也只好把它们当做放松精神的消遣了。在一副名为《等》的油画面前，我停住了脚步。画中是一位赤裸背部坐在草坪上的金发少女，她的秀发似在柔和的夜风中翩翩起舞。不禁使人联想此刻少女的面部表情，是陶醉地仰望不远处的明月，还是闭着双眼在享受风的清凉。

这是我出国留学前的作品。

我回过头，看到一位年轻人。他身穿一套中山装，帅气的外表透着几分庄严，可眼神中隐约地掠过一丝忧伤。没想到我如此幸运，竟遇到了作者。我们随便聊了几句，当他知道我是作家时所显现出的惊讶，就如同我没想到这个画展的作者竟是如此年轻英俊一样。张少聿先生提议到对面的咖啡馆小坐，我欣然答应。

您能相信么，那幅《等》是我在国内时画的。

我不明白他为什么要刻意强调这些，但我相信他肯

定不是在暗示我应该夸奖他的天赋。张少聿洞悉了我的疑惑，他带着惯有的微笑说道，车先生，请允许我给您讲个故事。

五年前的张少聿还是西伯利亚国立大学艺术系的三年级学生，校园时期的生活总会留下太多的快乐。利用节假日，张少聿和朋友们到南方旅行。一家餐厅里，少聿被同学讲的笑话逗的咯咯直乐，他不经意地把头扭向一边，却被窗外的景色吸引住了。

看什么呢？

好朋友安顿问道。

张少聿的双眼紧盯着窗外，自言自语道，糟糕……我要结婚了！

安顿的手从女朋友的肩上挪开，好奇地向窗外望去。

对面的公交车站旁站定一位少女。

和她么？很普通的女孩，没什么特别呀。

张少聿像是着了魔似的，根本没有理会安顿的调侃。他离开座位，来到对面的人行道上。

我想和你结婚。

少聿在表白的时候完全忘记了东方人所特有的矜持，他担心丝毫的犹豫都会失去这宝贵的机会。

那个少女诧异地望着眼前这个黑头发，黄皮肤的年轻人，她怀疑是否是这个外国人一时间说错了单词。女孩没有任何的言语，她尴尬地微笑，然后就走开了。张少聿暗自责怪，一定是自己太鲁莽，吓到了她。也许这辈子都不会再次相遇……甚至……甚至都没来得及问她的电话号码。

时间在晨昏的交替中渐渐失去，可张少聿的内心却无法平静。半年后，张少聿带着自己的作品参加学校组织的画展。当他在大厅看到那个熟悉的身影正在欣赏那幅《等》的时候，简直惊的要停止了呼吸。

知道么，这是我在留学前画的。

从女孩吃惊的眼神不难看出，她一眼就认出了这个鲁莽，但又不乏浪漫的东方人。她同我一样，被张少聿说的这句话搞得一头雾水。

难道你没有发觉，你们的背影竟是如此一致么？相信是命运，冥冥中早已注定我们会相见。

女孩不觉莞尔，说，我们可以做朋友，但……不会有任何结果。

张少聿并没有因为这样的回答感到失望。他知道，女孩的心思就如同西伯利亚的天气一样千变万化，难以猜测。

玛丽娜，就读于文学系。虽然同在一所大学读书，但缘份却安排她和张少聿在南方的小镇邂逅。命运总是在戏弄人生，纵然相隔咫尺也会擦身而过，缘悭一面。可当你对希望不再抱有幻想的时候，它却悄然打开大门，使我们对幸福的到来感到措手不及。

他们相恋了……张少聿总是感慨时间过得太快，无法把她看得更仔细。玛丽娜同样惊讶自己怎会对这个外国人意乱情迷。只是，玛丽娜从来都不会和少聿在公共场合表现的亲密，甚至牵手。他们之间总是保持着一段距离，像是走在同条平行线上的陌生人。只有回到住所，他们才会肆无忌惮地拥抱。张少聿很困惑，在他的追问

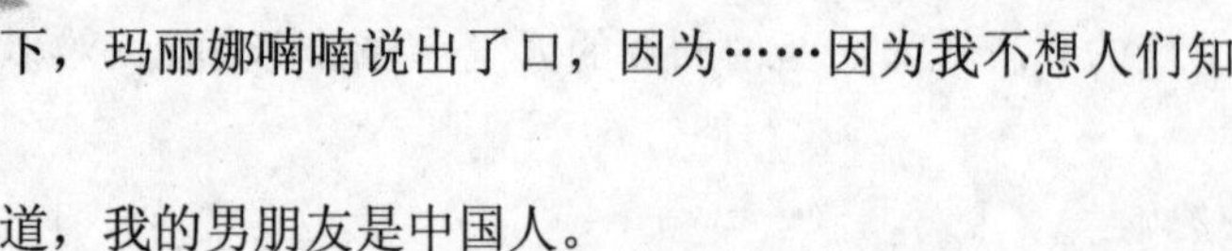

下，玛丽娜喃喃说出了口，因为……因为我不想人们知道，我的男朋友是中国人。

天色已晚，张少聿和我相约明天再见。天空繁星睥睨。它们犹如淘气的小精灵，不停地眨着眼睛，仿佛和我一样对这个女孩的理由充满了好奇。身为人父，我能理解远嫁他乡的顾虑。我很难想象，假如将来女儿兴高采烈地告诉我说她爱上了一个外国人的时候，我会以哪种心情面对。但是我不明白玛丽娜为什么要强调不愿嫁给中国人。是历史造就的仇恨？还是对种族的歧视？第二天的会议一结束，我就马不停蹄地赶到那家咖啡店。张少聿早已在那里等候，简单寒暄两句，我就迫不及待地向他询问故事的下文。

课间休息，安顿坐在走廊的长椅上向张少聿夸炫自己新交的女朋友。张少聿对此并不感兴趣，只是潦草地用‘嗯’，‘噢’敷衍了事。

安顿，你怎么看待中国人？

张少聿打断安顿的长篇大论，问道。

怎么看待中国人？就像看你一样呀。为什么突然问这个？

安顿诧异地望着张少聿问道。

没什么。只是好奇罢了。

张少聿的表情显得有些尴尬，他索性低下头，不再说话。

这时有两个学生从他们身旁经过，其中一个抱怨道，真倒霉！新买的皮鞋，还没穿两天居然坏掉了。另一个带着讽刺的口吻说道，你买的是中国货吧！

张少聿像是条件反射似的猛地站起来，冲过去，一把抓住那个无意调侃的学生狂吼道，你凭什么说中国的坏话！你怎么知道那一定是中国做的！你说！你说！

大家都被这个东方人突如其来的举动惊呆了。甚至安顿都没想到，交往了三年，一向柔顺，彬彬有礼的张少聿会在瞬间变得如此疯狂！

少聿，冷静点！冷静点！

安顿从背后紧紧抱住张少聿。

这一天的天气很冷，街上的行人寥若晨星。张少聿独自一人走在回家的路上，满脑子都是课间发生的事情。他后悔自己的行为太过无礼，但更加担心明天那两个校友会拿着证据来找他理论。用‘如果你们不买，我们也就不会卖’之类的话语强词狡辩，只会让国际友人更加坚信我们是街头的泼皮无赖。张少聿能做的，就只有用跳楼来替同胞谢罪了。一阵汽笛声打断了张少聿的思路，他回过身，看到安顿从一辆豪华轿车的窗户里伸出头来和他打招呼，少聿，你没事吧？要不要我送你一段儿？

你还是快去接女朋友吧！我没事，别担心。

望着轿车渐渐离开，张少聿回想起往事。家境并不富裕的他，能够得到出国留学的机会应该算是个幸运儿。刚到俄罗斯的时候语言不通，在生活和学习上安顿都给了他很大的帮助。张少聿非常庆幸在异国他乡可以结识这样好的朋友。虽然张少聿答应玛丽娜不对任何人透露他们之间的关系，但他总有种向安顿倾诉的冲动。张少聿不明白，为什么同是俄国人，但思想上的诧异竟是如此之大。又或者，当安顿知道他们的关系后会不加思索地用‘只可以做好朋友，但不可以组建家庭’的理由为玛丽娜呐喊助威……张少聿的思绪万千，就像是缠绕在一起永远捋不顺的麻团。他掏出香烟，可刚刚点燃，口袋中的手机就响了起来。

谁让你抽烟的！快扔掉！

话筒那边传来玛丽娜严厉地斥责声。

我没抽呀！

还狡辩！我正看着你呢！

什么！你在哪？我怎么看不到你？

张少聿环顾四周，寻找着。

少说废话！快扔掉！

噢……是……

少聿一边四处张望，一边把烟掐灭扔进垃圾桶。

回到住处，一见面玛丽娜就劈头盖脸地数落起来。

本来抽烟就不是好事！你还敢撒谎！

其实我很少抽烟的，当时就是感觉有些无聊，所以……

不要解释！作为惩罚，今天你必须为我按摩。以示警告！

还没等张少聿说完，玛丽娜就作出了最终审判。

我不明白，你是在哪看到我的？

张少聿一边给玛丽娜按摩，一边怯生生地问。

这个你不要管！再做坏事的时候，只要一想到今天你就不敢做了。

这里！这里！再用力点！

玛丽娜闭着双眼，她陶醉的样子就像是《白雪公主

和七个小矮人》中的瞌睡虫。只是，她显得要更加可爱、迷人。

玛丽娜，时而疯狂，时而沉默；时而放纵任性，时而又柔情似水；她的一颦一笑犹如仙子般洒脱。一点小聪明 + 一点淘气 + 一点可爱 + 一点任性 + 一点不可理喻 = 让张少聿如痴如狂的小精灵。如果在乘坐电梯的时候没有旁人，玛丽娜会猛然紧紧地搂住张少聿给予热吻，而张少聿则被吓得全身瘫痪。当他们坐在家中欣赏电影的时候，玛丽娜会轻轻揽住张少聿的胳膊，头依靠在他的肩上。张少聿的心就在这一刻被恋人的温柔所震撼，以至于融化。张少聿深深地迷恋这个俄文版的黄蓉，哪怕只是离开一秒都会使他痛彻心扉。

玛丽娜，我一直想不通，为什么……为什么你不喜欢中国人？

自从交往以来，玛丽娜总是对这个问题避而不答。张少聿平缓的语气中透着疑惑。

玛丽娜坐起身，轻声说，少聿，我们不是说好不再谈论这个话题么……如果在我们交往之前，我一定会脱口而出，告诉你我对中国的认知。可现在……我担心伤害你的自尊。其实除了你之外，我根本没有和其他中国人接触过，只是耳濡目染的对你们的国家有一些了解，而这些了解大多都是负面的。我不希望和你牵手在街上散步的时候被人们嘲笑，指指点点，我会很难过……少聿你知道么，我一直都没有把你当做外国人看待，因为你和人们说的中国人太不像了。

张少聿不由苦笑。“我一直都没有把你当做外国人看待，因为你和人们说的中国人太不像了。”这句类似称赞，但又极具讽刺意味的话像是把利刃猛戳张少聿的心。

玛丽娜靠在张少聿的肩上，幽幽地说，和你在一起我很快乐，这就足够了。少聿，答应我，终有一天我会离开你，请一定要原谅我的不辞而别……我会把我们一起生活的时光永存在心中。

张少聿哑然缄默。他不明白为什么玛丽娜会以这个根本不是借口的借口充当理由，如此笃定他们的将来必是一场悲剧。

我想我已经猜到玛丽娜的尴尬。虽然自改革开放以来中国在经济上取得了突飞猛进地发展，但国人在国际上的地位却不敢恭维。真的很奇怪，其实大部分的外国人同玛丽娜一样并没有亲自接触过中国人，但他们一听到‘中国人’这几个字就会立刻变得反感。从历史的角度来看，世界对中国的认识应该是从1840年鸦片战争以后开始，在洋人的枪炮下中国被迫打开封闭已久的大门。当时来自西方的传教士热衷于中国文化，他们对中国的描述有赞叹，有仰慕，当然也不乏讥讽和嘲笑。但是在历史的演变中，外国人对中国的仰慕，赞叹变得越来越少，而讥讽和嘲笑却越来越多，甚至形成根深蒂固的印象。中国在吸收外国文化的同时丢掉了自己所特有的优良传统，而那些臭毛病却被莫名其妙地保留了下来，甚至还被后人发扬光大。有些同胞吐痰独具一格，不仅随地吐，还要吐之有声：先将身体至呕吐状，屏住呼吸将颈部憋粗，声源于喉，一痰吐出其势如山洪暴发，千里奔泻，方圆半里之内无人不闻！大街小巷皆是，男女老少皆是矣！叹，无麦克风，然，其声传之甚远！还有某些中国人吃饭时不仅在饭桌前抽烟、放屁、吐痰……打嗝儿者更不在少数，碗筷之间发出的撞击声，喝汤、吃面时发出的吸吮声，咀嚼时嘴唇发出的啪啪声，这就是我们的人民在餐桌上独创的交响曲，老外都感叹，一些中国人吃饭就像是在逛菜市场：热闹。在中国，随地大小便者不怪，少妇携子于公园，小溪，河流，路旁，大街上当众大小便；成年男子甚至在头脑清醒，青天白日下脱裤小解！值得庆幸的是，他会侧身遮挡私处……这便是外国人眼中的中国文化！痛兮！哀兮！

人类之所以被称之为高等生物不仅仅依靠高智商，更应当具备高尚的，规范的道德和品行，不然我们和那些猫猫狗狗的动物又有什么分别！当然，被人指责的滋味并不好受，但一个人，乃至一个国家如果不能正确认识自身的缺点而加以改正，那将是最悲哀的事情。

为了缓解家庭的经济负担，张少聿在一家餐厅打工。他非常珍惜这份工作，任何事情都尽力做得更好。安顿时常会带着些朋友来捧场，这使张少聿的心里感到阵阵温暖。只是那个满脸横肉的领班，总是一副颐指气使的架势，对张少聿指指点点，甚至会带着讽刺的口吻嘲笑。

别偷懒！把盘子都洗干净。

胖领班站在张少聿的身后，像是监督犯人似的紧盯着。

张少聿不想因为这个球形物体而丢掉工作，他沉默着。张少聿松了口气，把一叠洗干净的盘子放进橱柜。

等会儿！我检查一下……这是刚洗过的么？！比没洗之前还要脏！拿回去重新洗！

领班单调刺耳的喊叫声刺激着张少聿的每一根神经。张少聿担心下一秒双手就会不由自主地将那叠盘子一股脑地扔向对面那张油腻的脸，他尽力压制着情绪，把目光移向一边。

张少聿打开水龙头重新刷洗餐具，那个领班竟如此热衷于扮演固执的苍蝇，依然围绕在身边嗡嗡作响。

这么点小事都做不好，你还能干什么！这就是你们中国人的特性吧，脏，乱，吵，而且，笨的好像猪一样……

张少聿可以对任何的人身攻击保持沉默，但无论如何他都无法容忍外国佬对祖国的亵渎，对同胞的侮辱。没等领班说完，张少聿就把一个瓷盘子结结实实地拍在了那颗肉乎乎的脑袋上……如果没有同事的讲解，张少聿永远都不会主动地走过去，向领班道歉。七八十年代，中俄边境贸易做的如火如荼，那个时候的俄国人总是挑起大拇指称赞中国的产品物美价廉。很多的中国人，俄国人都趋之若鹜地从四面八方赶来，加入到这支边境贸易的行列当中，胖领班的父亲也是其中一员。可是有些国人在追求利益的同时并没有提高品质，相反的，他们一边贪婪地把钞票塞进腰包，一边面带着微笑将劣质，假冒，甚至还没来得及把废报纸，烂鸭毛完全缝合隐藏的皮衣卖给了俄国人。因此，胖领班的父亲破产，在绝望中选择自杀……张少聿一脸的木然，他不知道该怎样为同胞辩解。作为一个中国人，张少聿感到莫大的荣耀，但他为某些国人的无耻行为羞愧难当。张少聿不敢确定，如果再听到有人说中国的坏话的时候，是不是还会毫不犹豫地冲上去阻止。也许，应该深深地把头低下，默默走开。

张少聿先生是无辜的，但他却诚恳地低头认错。我不知道要以哪种心情面对，是怜悯？还是同情？我非常肯定，我们的国家拥有很多像张少聿先生这样的优秀的国民，但为那些破坏整个民族荣誉的坏人承担这样的罪孽实在是太不公平。

时间荏苒，转眼见到了新年。在主楼的礼堂开办新年联欢会，早已成了这所大学的传统。霓虹灯闪烁之处，人影晃动。玛丽娜和张少聿像往常一样继续扮演着神秘的角色，各自和朋友们坐在一起。时而他们会眉目传情，示以微笑。音乐响起，一对对的青年走进了舞池。

你好！可以请你跳支舞么？

张少聿伸出右手，彬彬有礼地邀请。

虽然玛丽娜的心中有点抱怨男朋友的鲁莽举动，但片刻然后她还是微笑着伸出了手。

第一次在众人面前靠的如此接近，在这对恋人显得有些尴尬的同时，也不乏几分刺激和紧张。玛丽娜和张少聿的舞步轻盈，为了配合他们的深情注视，时间仿佛在此刻凝固。

联欢会结束后，玛丽娜和张少聿一起去市中心花园看烟火。五彩的灯光映在冰雕上，显得甚是美丽。

10！9！8！7！……

他们夹在人群中，和大家一起期待着新年的到来。

就在钟声敲响，辞旧迎新的一刹那，张少聿猛然将恋人拥抱入怀，安耐已久的激情就在这一刻迸发！玛丽娜最初的挣扎渐渐变成享受，他们甚至没有顾虑到身边会有熟人经过，就这样接吻了，狂热的吻……浪漫的身后总是紧随短暂，因此它在心中永驻，因此使我们对生命唏嘘不已。这唯一一次在大庭广众之下显露真实身份的时刻，深深烙进了记忆。

少聿，谢谢你！今天我很开心！

玛丽娜靠在张少聿的胸前，望着树影婆娑的屋顶，幽幽地说。

张少聿低头嗅着从玛丽娜秀发中散出的清香，他的眸子里充满了对未来的憧憬。

少聿，你喜欢男孩儿还是女孩儿？

都很喜欢。

玛丽娜微微一笑，接着说，我喜欢女儿！将来她一定会像我一样贤淑……

像你？像你一样蛮横任性么？我这样生存能力极强的男性生物已经绝种了，将来谁敢娶她。

张少聿突然插嘴，调侃道。

古书曰，宁得罪小人，不可得罪女人。片刻前玛丽娜的柔声细语在瞬间消失，目光变得阴鹭，她狠狠在张少聿的胸口捶了两下，转过身，不再说话。

别生气，我开玩笑的……

玛丽娜回过身，脸上挤出僵硬的微笑，然后猛地把张少聿的被子全部拽走。

喂！很冷呀！

冷么？去找你那温柔的女人吧！

说话间，玛丽娜竟没有察觉到张少聿在瑟瑟地发抖。

半夜，张少聿从痛苦中醒来。他头晕目眩，浑身都

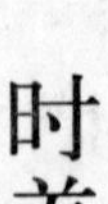

在发烫。

你怎么了？

难受……

你的身体好烫！你发烧了！都怪我不好，闹的太过分了！

玛丽娜自责起来。

没关系，睡一觉就好了。

张少聿尽量装出无所谓的样子，好让她放心。

不行！这样耗下去，会出危险的！我现在就叫救护车！

说着，玛丽娜拿起了电话。

别打！会被人家知道……

张少聿虚弱的声音使玛丽娜的视线变得模糊，她的眼里噙着泪水，手中的电话僵在半空。

39度8，不低呀！我先给你打一针，如果到天亮高烧还是不退，那就一定要住院治疗。

打完针，玛丽娜认真地听着医生讲的要注意的事项。

他是你的男朋友么？

医生一边收拾医药箱，一边问道。

他……

玛丽娜不相信医生提出这个问题只是因为好奇。她担心当说出实情后，医生平和的面容会立刻变成带着讽刺的微笑。玛丽娜犹豫了。

我们是邻居。我的俄语不好，害怕说不清楚，所以麻烦她为我叫救护车。

张少聿早已准备好应付这样尴尬的场面，只是在说这句台词的时候他突然间明白，几个小时前自己对未来

的憧憬只不过是天真幼稚的幻想罢了。张少聿的心在猛烈地抽搐着。

寒假期间，玛丽娜和张少聿都准备回家探亲。离别前，这对恋人躲在唯一的那片自由狭小的空间里尽情地拥抱。这对恋人难舍难分，张少聿背着行囊刚要打开房门，玛丽娜却又急忙跑过来搂住他。张少聿刚刚离开公寓，手机就响了起来。是玛丽娜发的一条短信息：我已经开始想你了。他稳了稳背包，毫不犹豫地冲了回去……张少聿的思绪万千，冥冥中仿佛看到不久后这一幕将会再现。但他相信，那一刻的到来绝对不会像现在这样只是短暂的分离，而将是永远的诀别。

张少聿决定坐火车到边境过关，然后再乘坐国内的列车回家。虽然这套程序比较繁琐，但却比从莫斯科直达北京的国际列车便宜好几百块！张少聿睡在上铺，下铺是一位年龄大概在四十岁左右的俄国中年男子。住在上面，爬上爬下的免不了会踩到下铺的床垫。那位俄国男子一脸厌恶的表情，立刻用纸把张少聿刚踩过的地方擦了又擦，然后把那张洁白的纸巾迅速地扔进垃圾桶。这一个小小的举动再次震慑张少聿的心，可他沉默，因为已经没有上前质问的勇气。这只是一个微不足道的侮辱，张少聿难过，愤慨，他的心中在呐喊：中国人造了什么孽？为什么会受到这种凌辱？！大部分的时间张少聿都是坐在包厢旁边的椅子上，望着窗外的景色出神。大自然的美丽如此神奇，甚至会使人忘记对天堂的崇拜。这列火车的终点站是距离边境还有三百多公里的一座小镇。进站前半个小时张少聿就收拾好行李，坐在走廊边的椅子上等待。那个俄国人也开始收拾，他随手将衣服放在了上铺。

张少聿看到这一幕，立刻走过去制止，请把你的东西拿下来，它会弄脏我的床铺！

俄国人一脸的怒气，说，马上就要到站了，难道我放一下都不可以么？

在没有下车的前一秒钟，这张床铺都是属于我的。请赶快把你的东西拿下来！

张少聿当然知道自己这样做非常失礼，但他对这个俄国人之前的无理歧视怒不可遏。

中年人见这个来自东方的小伙子一脸的严肃，他心有不甘，但还是灰溜溜地把衣服拿了下来。张少聿的心顿时松快了许多，这是他第一次成功地为祖国捍卫了尊严。

要在火车站等上五个小时才会有去边境的列车。张少聿坐在大厅的长椅上，思念早已飞到了家乡。父亲早逝，母亲一手把少聿带大。妈妈出身农村，没读过书，但她的朴实，善良无时无刻地感动着身边的每一个人。做保姆，替人洗补衣服，做清洁工，为了供儿子上学，妈妈几乎是全天候兼职。她那曾经纤细，柔嫩的双手在岁月的蹉跎中失去了光泽，变得干枯。每个月的十五号，北京时间十九点整，这是张少聿最期待的时刻，因为妈妈会在这个时间到居委会王大爷那里给儿子打电话。妈妈总是以“少聿，吃过晚饭了么？”作为开场白。张少聿则微笑着回答“有时差的，这里还是下午。”像是赶时间似的，妈妈会抢在前面问候儿子的生活，学习，然后以“我很好，不用担心”作为结束语。张少聿明白妈妈在担心什么，每次挂断电话后他都会因为没能来得及对妈妈说“我很想你”而感到遗憾。出国已四年，但这却是第一次回国探亲。“我很好，你不用回来！这么远的路，一定很贵，把钱省下来，给自己买些吃的穿的多好。”以前妈妈总会用这样的话语劝说儿子。这次回国，张少聿并没有提前通知家里。他想要给妈妈一个惊喜，他甚至可以想象到突然出现时，妈妈那又惊又喜的表情……

小伙子，可以帮个忙么？

一个略带沙哑的声音打断了张少聿的思路。他回过头，看到一位民工打扮的男子。

什么事？

我们的护照被警察扣了，但是我们不懂语言，你能不能帮着解释下。

张少聿跟着那个同胞来到大厅的角落。他看到有七八个中国人靠墙蹲着，旁边站着位警察。俄罗斯的制服设计得非常不合理，帽子大得出奇，再加上这个俄国人的身材瘦小，就更显得很是滑稽可笑。

你会说俄语么？

那个警察问道。

是的。他们的护照出了什么问题？

签证过期了。

我可以看看么？

张少聿接过护照查看，但他并没有发现签证过期。

他们的手续都很正常呀！没有任何问题。

张少聿更正道。

警察诧异地望着这个不懂规矩的中国人，他迟疑片刻后，凑到张少聿的耳边低声说，相信我，我可以让他们一路平安。

张少聿一头雾水，没有明白这句话的含义。那个让张少聿过来帮忙的民工哥哥经验丰富，一下子就看出了这里的端倪，他拉了拉张少聿的衣角，说道，小伙子，他是不是想要钱？

张少聿惊讶地望着他，强调说，你们的手续没有问题，为什么要给他钱？

多一事不如少一事，给他点钱买个平安。

张少聿被同胞的话语惊的哑口无言。

那个警察保持着道貌岸然的面孔，但稍稍翘起的嘴角还是显露出他激动，喜悦的心情。他侧着身，用拿着护照的手作为遮掩，另一只手则悄悄地接过钱。这一幕赤裸裸地映入张少聿的眼帘，他痛恨同胞的懦弱，不明白为什么他们会选择妥协，但最具讽刺意义的是张少聿亲手将那叠钞票递过去的。

警察同志的脸上终于露出热情好客的笑容，他对张少聿说，放心，我会通知前面的同事，他们一路上不会再有任何麻烦。

几位同胞像是被救世主拯救的羔羊，用僵硬的俄语连声说着“谢谢，谢谢”，直到那位善良的警察消失在大厅。

你们……你们为什么……

张少聿用手点指着国人，激动地不知如何表达。

一个身材矮小的民工委屈地说，小伙子，我们出来挣钱不容易，不想惹事。

正是因为出来挣钱不容易，所以应该更加珍惜！因为这个莫须有的理由你们就甘心把辛苦钱拱手相让，不觉得可耻么？！你们还有尊严么？！

……

那几个中国人面面相觑，没有任何的回答。张少聿从他们懵懂的眼神中看出，他们不知道什么是尊严。或许，他们根本就不想知道。对他们来说，馒头更加实惠，更加贴切。

一个身材比较健壮的中年人说，其实我们这已经算是幸运了。去年有几个人回国的时候，一路上被罚了四次呢！

是呀，是呀。前两天咱们木场的王经理开车外出的时候被警察扣了，因为车门上粘了点泥就被罚了不少钱呢。

另外一个立刻补充道。

张少聿痛苦地笑了。他没有想到，这几位国人竟会拿着同胞所受的侮辱当做自我安慰的理由。张少聿的心在瞬间变得凄凉，甚至冷过西伯利亚的寒冬。

令人感到奇怪的是，同是亚洲人但这样屈辱的事情却不会发生在日本人，韩国人身上。为什么？因为我们中的一些人没有尊严，容易妥协，因为他们从骨子里就透着软弱！

陈之藩先生在作品《剑河倒影》中写道：许多许多的历史才能形成一点传统，许多许多的传统才能积累一点文化。世界上没有一个国家拥有像中国这么悠久的历史，没有一个国家拥有有我们这样一脉相传的文化。但在我们为拥有这五千年历史而感到自豪，为璀璨的文化骄傲的同时，有没有想过我们到底从祖先那里继承了什么？说实话，我想不出来。如果硬要说出一个，我想应该是：行大礼。欧洲人，他们只有在神灵面前祈祷的时候才会屈膝下跪，在皇帝面前也只是单膝行礼。在法国的一幅油画中，路易十四坐在中间，大臣坐在旁边，皇后也坐在旁边，这种情景在封建时期的中国不可能发生，因为中国的大臣一定是战战兢兢，诚惶诚恐地以头触地，跪在下面。一些中国人从来没有为了尊严挺直过腰身，而是为天地下跪，为神灵下跪，为皇帝下跪，为父母下跪，为忠义下跪，为爱情下跪，为权利下跪，为金钱下跪，为虚荣下跪，为恐惧下跪，为自保下跪，为一丁点儿的挫折下跪……为了表示虔诚，要以头触地，甚至还要磕出声响。这不禁让人感叹，他们的膝盖骨太软了！！！

那年西班牙的皇家马德里足球队到中国踢友谊赛。中国的球迷是世界上最悲惨的球迷，他们承载了太多的痛，这次也不例外。但值得一提的是，当西班牙的明星球队带着胜利，荣誉，金钱离开后，他们曾住过的酒店却打出这样一条广告来：房间还未收拾，快来和明星亲密接触！我可以想象到同胞趴在床上，手持放大镜细心寻找明星体毛的激动，喜悦表情。想象到他们欢天喜地地将这些毛发珍藏在雕刻精美的盒子里。唯一遗憾的是，无法确定这些体毛是从哪个部位掉下来的。有些国人不注重尊严，但却酷爱面子。送礼要讲面子，请客吃饭要讲面子，抽烟喝酒要讲面子；不来吃饭，不喝人家敬的酒，不抽人家给的烟就是不给面子，邀请的人就会生气。外国人搞不懂有些中国人为什么那么爱面子，是脸皮太薄，还是太厚了？！中国人聪明，善于运用金钱，有句俗话：用钱可以摆平的麻烦就不算麻烦。外国人深深感受到这一点，所以他们绞尽脑汁想出各种，甚至滑稽可笑的麻烦，好让有些中国人心甘情愿地打开腰包。不要责怪外国人是如何刁难我们，因为这正是我们的软弱，妥协造就了他们的这些臭毛病。中国人把头脑发挥得淋漓尽致，当有些人耍着小把戏，取笑别人愚蠢的时候，完全没有发现自己已经成了供人嘲讽的小丑。

站在祖国的土地上，张少聿深深呼吸感受家的亲切，可没想到竟被污浊的空气呛得咳了起来。在俄罗斯境内，张少聿欣赏到无限的自然风光，森林，山川，平原，尤其是那条令人心旷神怡的湖泊：贝加尔湖。无数的飞鸟在空中飞翔，不远处几只鱼船漫不经心地划行。飞鸟不时轻拂湖面，激起层层的涟漪，波浪不厌耐烦地拍打着堤岸，仿佛还要阔充自己的领域。它的美丽，它的威严，犹如波澜壮阔的大海！湛蓝的天空，快乐的飞鸟，不由让我们为造物主的殷勤缔造而感叹，被她的精心刻画而震撼。虽然隔着一层玻璃窗，但张少聿依然能清晰地感受到它那永葆青春的气息。而在国内，铁路两旁是满地的垃圾，建筑废物，塑料袋会莫名其妙地挂在树杈上，借着风声倾诉自己的悲惨命运。蓝蓝的天空会在进入中国境内时乍然而止，瞬间变成灰色。此时的造物主如此铁石心肠，甚至不会留些时间让我们适应。张少聿本应喜悦，兴奋的心情在此刻好像坠上了千斤重石，再也提不起来。

张少聿没有立刻回家，而是马不停蹄地赶往妈妈工作的地方。道路扩宽，老城改建，鳞次栉比的现代化建筑，一路上张少聿真真切切地感受到家乡这几年的飞速发展，他为在此感到骄傲，欣慰。在经过一个露天广场的时候，张少聿看到一个小朋友把报纸撕得粉碎，然后把纸片用力的抛向天空，任由它们散落一地。小孩陶醉在自己的游戏中，一遍遍地重复着。他身旁的妈妈像是在欣赏儿子的杰作似的，脸上竟然还挂着微笑。最可悲的是，路人对此毫无反应，没有一个人上前制止。似乎他们的神经已麻痹，习惯或者应该说是喜欢被垃圾包围着的生活。

你怎么可以允许孩子这样做？难道不知道应该爱护

公共环境么？

张少聿忍无可忍，上前质问那位母亲。

少妇的表情像是大白天遇到外星人般的差异。她停顿片刻后说，小孩子调皮，没有关系的。

什么叫没有关系！如果大家都这样纵容，溺爱下一代，那他们的将来会非常麻烦！

少妇对这个年轻人的无理取闹感到厌烦，她义正言辞地说，不就扔了点纸么，有什么大不了，一会儿就会有人来扫的。再说，如果没有了垃圾那还要清洁工干什么？我这是在为他们提供工作的机会！

张少聿哑口无言，他没想到同胞会把强词夺理运用得如此出神入化。之前的那点自豪感在瞬间消失殆尽。

一家商场，张少聿在川流的人群中一眼就看到了那

个身材瘦小的身影，他迫不及待地靠了过去。

小妹妹，这里刚刚才拖过地，还比较湿，你能不能往边上站一站？

手中抱着只贵族犬的小姑娘回过头，她上下打量这个瘦骨嶙峋，脸上堆满了皱纹的老太太，然后张开小口，用悦耳的童音说，放心，我的鞋比你的脸都干净。

霎时间，老人被惊得目瞪口呆，她的眼角湿润了，身体在瑟瑟发抖。如此恶毒的话竟出自一个七八岁，一脸稚气的小女孩儿，站在妈妈身后的张少聿简直不敢相信自己的耳朵。如果这是一个成年人说的，张少聿会毫不犹豫地冲上去把他一通暴打。但面对这个甚至自己都不清楚自己说的话是多么残忍的天真的孩子，张少聿的身体僵住了。本以为突然出现会给妈妈个惊喜，可万万没想到这一幕反而把他惊得喘不过气来，惊得不知所措。他不再希望玛丽娜来中国，甚至不再祈祷和玛丽娜的爱情会有个美好的结局。

妈妈，我们回家。

张少聿轻轻拉住妈妈的手臂说。

没想到儿子会出现在此刻，老人显得更加惊慌。她不想张少聿看到自己的窘状，立刻擦去眼角的泪水，勉强微笑着说，少聿，你……你怎么回来了？毕业了么？你先回家，我工作完就回去。

不。我们现在就走！

张少聿不允许妈妈再受到任何的屈辱，强行把她拉开。

讲到这里，张少聿的情绪异常激动。他问我，车先生，

为什么会发生这样的事情！我们国家怎么了？我们的人民怎么了？

我除了羞愧，叹息之外竟然不知如何回答。

唯一使我们骄傲的是，中国正以惊人的速度走向盛世，但在我们并没有真正获得繁荣的同时却开始自我膨胀。而这种膨胀甚至影响到下一代，他们纯真，稚朴的眸子变得狂妄，变得自大。我们的后代将要如何生存，这是整个民族必须面对，必须认真考虑的严峻问题！任何一个国家的崛起，教育一定是首位，思想一定要创新！俄罗斯的彼得大帝一世甘愿隐姓埋名，以一个学徒的身份留学荷兰。而使美国成为第一大强国的是一直保持创新活力的 4 千所大学和百分之 70 的高等教育入学率。英国首相丘吉尔说过这样一句名言，我宁可失去一个印度也不肯失去一个莎士比亚。法国思想和精神的圣地先贤祠中安葬了72位法国历史人物，其中只有11人是政治家，其余大多是思想家，作家，艺术家和科学家。先贤祠的正门上铭刻着这样一句话，献给伟人，祖国感谢他们。德国在两次世界大战中都遭受惨痛的失败，但他在战后经济复兴，国力迅速崛起，并一跃跻身于世界经济五强。他之所以能够成为欧洲同盟中最强大的国家靠得绝对不是运气，而是教育！德国在实施增强国力的措施当中，最重要的一点就是高度重视对国民素质的培养，并以此作为振兴国家的基础。难怪战胜法国并俘虏法国皇帝的元帅毛奇都骄傲地说，普鲁士的胜利早就在小学教师的讲台上决定了。

曾经有位中国学者和一位德国友人在莱茵河畔散

步。当看到有个小朋友在河边钓鱼的时候，那个德国人立刻走上去询问，你有钓鱼的执照么？

有的，有的。

说着，小孩掏出执照。

有没有带尺？

有的，有的。

在德国规定，尺寸不足的鱼是要放生的。那个孩子又急忙掏出尺子来。

你一个人为什么两根钓竿？

在德国的法律上明确表明，一个人只能使用一根钓竿。

小孩立刻解释道，我和朋友一起来的，他去厕所了，马上回来。

德国友人就站在那里，直到另一个小朋友出现他才欣慰地离开。

学者好奇地问德国朋友，那是你的小孩？

不是？

是你朋友的小孩？

不是？

那你为什么要管这个闲事？

这不是闲事！在德国，每一个孩子都是我的子女，我有责任教育他们！

这个故事在我的内心造成很深的触动。同样的事情在国内绝对是另一种结果！我们应该从小就培养孩子的责任感和自信感，而不是一味的溺爱，娇惯。

十几平米的房间，装满了张少聿的童年。妈妈抚摸

着他的头发，嘘寒问暖。本想告诉妈妈和玛丽娜的恋情，但话到嘴边却始终开不了口。张少聿坚信，当妈妈听到儿子有了女朋友后一定会兴高采烈地搬到街上去睡，把这个狭小的房间让给儿子和未来的儿媳妇。但张少聿怎么可能让妈妈受这样的罪，更何况，他同样不忍心让爱人和他一起受苦。还有半年就要毕业，张少聿面对未来一片茫然。毕竟艺术这种神奇的东西在没有得到专家级人物的认可前，总是会安静地躺在储藏室的箱子里。张少聿甚至用抛硬币的方式来决定和玛丽娜之间的命运，但那枚调皮的铜板掉到床下就在也不出现了。

这天，张少聿拿着从俄罗斯带回来的礼物去拜见他在绘画上的启蒙老师：路广。当他知道老师正准备全家移民的时候，不免显得惊讶。

路老师，您为什么要移民呢？

老师把一杯清水递给张少聿，然后在他的对面坐下，微笑着说，少聿，这年头谁不想出去呀！没门路的挖空心思地找关系，托朋友。我比较幸运，有个亲戚在加拿大，先去投奔他。

张少聿搞不懂此时老师脸上的笑容的含义，是嘲笑他的不谙世事，还是怜悯他的天真。

到了那边怎么生活呀？您的英语又不好。

没关系，我都想好了。先到亲戚的餐厅里打打工，业余时间再去做个家庭教师，帮着孩子补习绘画……慢慢就好了。少聿，你不是也在国外么，听老师的话，如果有机会留在外面最好还是留下来。

张少聿不明白，为什么老师宁愿放弃国内稳定的工作，卖掉房子，而心甘情愿地选择到国外去给人家刷盘子。

您这么辛苦值得么？

路老师淡淡地松了口气，说，我再怎么辛苦都无所谓，只要孩子们的将来可以幸福就好了。

这句话如同把利剑，直刺张少聿的心。

‘买房不如移民’，这句话已经成了家喻户晓的口头禅。为什么大家都在疯狂地追求出国？甚至只是为了一个身份的象征，就不惜砸锅卖铁，倾家荡产。出了国就好么？难道孕育了五千年历史的中国就不可以让我们的后代幸福么？

在一则报道中这样写道：自上世纪70年代末、90年代初期的两拨移民潮以来，中国改革开放之后的第三拨移民高潮在进入新世纪的十年中已成愈发汹涌之势。

不同于第一拨混杂偷渡客的底层劳工和第二拨国门初启之时的"洋插队"，新世纪移民潮的主力由新富阶层和知识精英组成。中国大陆自改革开放以来，陆续出现了各种各样的国际移民，其中不乏作为社会中坚的精英阶层，通过留学、技术移民或投资移民等方式移居海外，大多前往欧美澳加等西方发达国家。高端群体、庞大数量和趋势化发展构成了不容忽视和必须面对的问题：中国是否正在经历社会中坚阶层的集体流失？中国已是世界最大移民国，目前约有3500万华人散居世界各地。2007年，中国社科院发布《全球政治与安全》报告显示，在成为世界上最大移民输出国的同时，中国流失的精英数量也居世界之首。据统计，2009年度，中国移民加拿大共2.5万人；移民美国约6.5万人；2008年度移民澳大利亚约 1.6 万人。在加、美、澳三大主流目的地之外，香港、新加坡和异军突起的中北美小国也同时在吸纳大量中国大陆移民。

不得不承认，发达国家有着优质的教育，健康的环境，安全的食品，规范的法律。但我坚决相信，凭借中华民族的智慧同样可以做到这一点，甚至做得更好！中国人是世界上最聪明的民族之一，在美国各大学考前几名的，往往是中国人；许多著名科学家，包括中国原子科学之父孙观汉先生，诺贝尔奖金得主杨振宁、李政道先生，都是我们国人的骄傲。我们和发达国家的差距不是在于物质或者硬件上，而是在于思想！我相信有很多的优秀学子都胸怀壮志，为祖国的发展，昌盛贡献一生。这些高素质人才在耗费了国家十余年，甚至数十年的资源后培育成精英，但为什么恰是当下稀缺人力资本的时候，就如此轻易流失海外？不要妄想由个人的力量改变社会，应该是在国家的推动下形成一种良性的氛围，从而提高国民的素质！在歌星，影星一边开着跑车，一边抱怨钱赚的还不够的同时，为什么我们不把更多的资源用在科普教育上，为中坚分子提供更好的工作，生活条件？我们应该增强对人才的待遇，使人民不愿离开，甚至可以吸引国际精英来为我们的祖国工作。

回国期间，正好赶上国际博览会。每天的电视和报纸上都在报道中国能够举办如此盛大的博览会是多么多么的了不起；又有多少的游客去参观……张少聿为祖国的强盛感到高兴，为祖国能够在国际上得到认可而感到自豪。可几天后的报道上却出现这样的新闻：博览会上的公共设施惨受破坏，甚至被偷盗；一位国人赤脚躺在英国会馆门口的长椅上酣睡……张少聿不明白，那些偷盗公共设施的同胞是准备在亲人面前炫耀自己的丰功伟绩，还是想抱着他的战利品去拍卖。张少聿相信，那位国人肯定是为了让自己的那双臭脚丫子的照片可以刊登到第二天的环球日报的头条，才会刻意出现在英国会馆门前的长椅上。张少聿感叹，为什么每一次祖国刚刚拿出辛辛苦苦做好的成绩准备在世人面前展示的时候就会莫名其妙地出现些殷勤的同胞，他们残忍地将这些美好的事物破坏，然后微笑着把脸丢在外国人的面前。坦白讲，曾经有一位外国学者说过，凡是不能培养出真正受到良好教育公民的国家就不能称其为泱泱大国。中国深受儒家思想的教育，总是以宽容，忍让的态度对待一切。

而这种宽容并没有让我们变得文明，而是变得狂妄自大，藐视法律，不然的话，今天也就不会出现随处可见的违章建筑，全球闻名的钉子户！因为没有给红包，被誉为白衣天使的医生竟然残忍地把患者的肛门缝住……天呀！神圣的医者如今怎会变成一手拿着手术刀，一手攥满钞票的恶魔！在我们的国家确实存在一些假冒产品，甚至赖以生存的食品也有假的！是政府管理力度不够？还是在法律上存在空白？英国虽然没有宪法，但他却是一个高度文明，发达的国家，也正是因为这样英国才会跻身世界强国。一个文明的社会不需要法律，因为在人们的心中已经形成一种良性的传统，但是如果在没有形成良性传统之前，一个国家的法律不够严明，那么居民的素质就无法提高，居民的素质无法提高，那么再绚丽的都市也只不过是外表光亮而内部早已烂透的苹果，谁咬一口都会身中剧毒！

张少聿先生的故事反映了太多的民族问题，我很惭愧，身为作家竟没有像张少聿先生那样犀利的洞察力。也许是因为在国内被大家所认同的‘习惯’笼罩而失去了判断力。我非常庆幸可以认识张少聿先生，他点醒了我近在眼前，但内心深处却又不愿承认的那份抽痛。

咖啡厅，当我看到那个熟悉的位置上却坐着一位陌生人的时候，心中一阵的疑惑。

您好！您是车飞，车先生么？

是的。您是？

那个陌生人礼貌地自我介绍说，我是张少聿的助手，他生病了。担心您在这里白白浪费时间，所以张少聿托我在这里等您。

生病了？严重么？

发烧。不过已经看过医生了。

可以告诉我地址么？我希望去看看他。

当我出现在张少聿眼前的时候，他显得有些惊讶，但眸子中又透着镇定，似乎他早已料到我的到来。

车先生，您怎么来了？！让您白白跑了趟咖啡厅，真是不好意思。

虽然身体虚弱，但张少聿的身上总是散发着尊贵的气质。他勉强坐起身，示意我坐下。

好些了么？

我轻声问候这位年轻的朋友。

好多了。也不知怎么搞的，昨天回到家就发起了高烧。

吃过药了么？

嗯。医生已经来过了。

寒暄几句，我环顾张少聿的住所。房间不大，却很整洁，一旁角落里的几幅尚未完成的作品使整个空间显得更加温馨。

可以么？

我指着床头的一张照片，问道。

当然。

照片中的少女闭着双眼靠在树干上，她的笑容如清晨和煦的阳光，暖暖的，仿佛此刻的她在享受风吹拂发的感觉。红颜多薄命。如果这句话是真的，那么照片中女孩的一生一定也布满了荆棘，坎坷。

这就是玛丽娜么？

张少聿轻轻点头，似乎他的记忆随着这张照片回到了过去。

停顿片刻后，张少聿问道，车先生，我可以开始了么？

我微笑着说，今天我只是来看看你，等身体好些了再继续听你的故事也没有关系。

没事的。我还没有病到需要隔离修养的地步。

张少聿调侃道。

本以为可以借着回国探亲淡忘玛丽娜，却不曾想，思念变得更加强烈，甚至常常会在梦中见到她甜美的笑容。张少聿迫不及待地回到住所，熟悉的气息，和玛丽娜在这里度过的每一分每一秒足以让他用一生来回味。简单的桌椅，书架上排列的各类教科书，还有床头柜上

玛丽娜最心爱的玩具……这些原本恬静，温馨的事物竟在这一刻使张少聿有种恶心要呕的冲动。记忆，仅仅存在于这个狭窄的房间里。瞬间，张少聿的心中一阵的厌恶，对这种偷偷摸摸好像耗子般的恋情深恶痛绝。

玛丽娜并没有因为张少聿归来而感到兴奋，她的面色戚然，冷漠呼之欲出。张少聿洞悉了她的忧虑，上前询问，可她却只是低头不语。

碧波滚滚的草原上开满了繁星点点的野花，在绚丽的春光中采撷芳菲的花朵。这里没有城市中的喧闹；没有尘世间的烦恼。这里是邪恶不能染指的地方。这就是人迹未至的天堂！冥冥中张少聿来到一片令人心醉神驰的田野，站在浩瀚的星空下，暗夜里，无数的萤火虫漆漆点点，若明若暗，在这迷离中，一个身影姗然而至，那样的轻灵，一如往昔的爱人……陡然！天空变得阴霾，画面转换到了一间病房。玛丽娜静静地坐在床上，那似远又近的熟悉就漾在她的脸上。昔日那雀跃的身影已不在，她的目光呆滞，白皙的唇仿佛失血的百合。这一幕把张少聿脑海中爱人的容貌毁灭殆尽！

张少聿睁开眼睛，在他暗自庆幸这只不过是场梦而已的同时，耳边却传来身旁玛丽娜轻轻抽泣的声音。

你怎么了？

张少聿问道。

我和家人吵架了。他们因为我正在谈恋爱而感到高兴，可当我说出你是中国人的时候，家人却坚决反对。父母甚至不可理喻地说，除非他们死了，不然就不可能同意我们在一起……

张少聿深深体会到玛丽娜的痛，他的内心缠绵悱恻，刀绞般的痛传遍全身。

少聿……你是如此的完美。如果你不是……我一定会义无反顾地嫁给你！……为什么？为什么你是中国人？！

张少聿对于玛丽娜这不经意的‘赞美’已显得麻木，没有了感觉。他无奈，不再奢侈地期待未来。

墓地，生命的终点，阴森可怖的地狱。如果张少聿没有亲眼看到墓碑上的名字，他永远都不会相信好朋友安顿已长眠于此。

自杀。怎么会自杀？！安顿，你怎么这么傻！如果是对生活产生了绝望，那自杀的也应该是我呀！

张少聿无奈地调侃，他从国内带来的礼物在这一刻失去了意义。

张少聿想不通，家庭富裕，身边总是有不同的女孩子相伴的安顿竟然选择上吊来结束自己年轻的生命。也许是幸福来得太过轻而易举才会使人对生活失去了兴趣，才会用死亡寻求些许的刺激。张少聿拨通玛丽娜的号码，希望恋人的温柔可以让满是伤痕的心灵有所慰藉。

为什么不接电话？没有听见？或者是把电话忘在了家中？难道……难道今天就是分手的时刻？玛丽娜履行诺言，已经不辞而别？

张少聿焦急地彷徨着，他的心中有一种不祥的预感。这时，张少聿的电话响起，显示器上出现玛丽娜的号码。

你怎么了？为什么不接电话？

张少聿丝毫没有察觉自己的嗓音近似疯狂。

请安静点儿！

话筒那边传来一个陌生男人的声音。

你是谁？

一个小时后到市中心花园来。

说完，那个男人就挂断了电话。

张少聿被搞得一头雾水，他还没来得及细想，电话再次响起，是一个陌生的号码。

少聿！我是玛丽娜！

怎么回事？你的电话怎么会在一个男人手上？

男人？我的手机丢了！我现在是用朋友的电话给你打的。

丢了！那个男人是谁？小偷？他为什么要给我打电话？为什么要见我？勒索？

张少聿脑袋里出现无数个问号，他把整个事情的经过告诉玛丽娜，然后决定一同前去。

中心花园。情侣，家人，朋友，老老少少，或是坐在长椅上轻谈，或是三三两两地散步。玛丽娜和张少聿漫无目的地找寻着。

喂！

张少聿的手机突然响起。

我就在你们的对面。

那个男人留着短发，他的身材并不高大，瘦骨嶙峋，两腮深陷，但眼神却很有神，炯炯的。

你是谁？电话怎么会在你这里？

张少聿冷冷地问。

我也不认识你！但我知道站在你旁边的那位小姐。

是我偷了她的手机。

小偷先生轻松愉快的表情，不由让人产生他是在街头传播福音的牧师的错觉。

张少聿的目光变得阴鸷，他伸手就要去抓那个男人的脖子。

等一等！等一等！

男人并没有生气，依然保持着微笑。

起初我并没有打算要把手机还给你们，但这个小伙子已经把我搞疯了！两个小时之内，他打了 23 个电话！发了 12 条短信！本来我是可以关机的，但我很好奇，想看看打电话的这个人究竟想干些什么。

小偷心平气和地讲解。

如果我没猜错的话，你们是对情侣吧！

男人问道。

这……

张少聿感觉如鲠在喉，一时间，竟不知该怎么回答。

不好意思承认吗！说实话！我也不知道为什么会把这个手机还给你们。拿着吧！

说着，他把电话递了过来。

玛丽娜和张少聿被这个人搞得匪夷所思。

你真的是小偷么？

张少聿满腹狐疑地问道。

怎么！一定要在额头刻上‘小偷’两个字才算贼吗！

男子调侃道。

张少聿噗哧一笑，说，我只是不明白，你为什么会这样做。

我已经说了。我自己都搞不清楚为什么要把手机还给你们！也许是被你的真情感动了吧。

男子把目光转向玛丽娜，说，小姐！你真幸福！这个小伙子很爱你！我敢保证！

玛丽娜没有回答，只是羞涩地抿了一下唇。

还不愿意承认么！真没想到，谈恋爱也要鬼鬼祟祟的！我们做小偷的也没像你们这样小心翼翼！

男人自得其乐地调侃一番。

这对恋人终于点头承认。生命如此神奇，谁都不可能猜到唯一见证玛丽娜和张少聿的恋情的竟然是一个小偷。

这是一个月光朗朗的宁静夜晚。张少聿躺在床上，无法入睡。他望着树影婆娑的天花板，回想这一天所发生的一切，简直不可思议！

2月14日，情人节那天。玛丽娜收到张少聿送的玫瑰花，那丝绒般艳红的花瓣间，闪烁着晶莹的水珠。玛丽娜闻着馥郁的花香，笑得一脸的粲然。此刻的张少聿深深地体会到，他的生命只是为了玛丽娜的到来，为了配合她的幸福，张少聿宁可穷其一生所有！

接下来的日子里，张少聿和玛丽娜之间仿佛有了一种默契，谁都没有再提困惑在心中的梦魇。他们尽力掩盖着内心深处的那份恐惧，更加珍惜现在的每一分，每一秒，希望在离别的钟声敲响前，释放出自己所有的爱！

玛丽娜非常喜欢张少聿做的鸡腿儿，她还送给张少聿一个绰号：'熊猫'。

玛丽娜微笑着说，因为熊猫只生活在中国。而且你们还长得也很像，笨笨的，丑丑的。

每个周末的下午三点，玛丽娜都会准时坐在电视机前观看一部综艺节目。

又是这无聊的电视。

张少聿无奈地叹息。

你懂什么！参加这个节目的每一对情侣都有一段坎坷，不同寻常的爱情故事。这个节目感动了很多人，也帮助许多的恋人终成眷属。

张少聿对这种女性类的综艺节目毫无兴趣。但他可以想象到，当电视台知道他和玛丽娜的恋情后一定会通过荧屏大张旗鼓地宣传嫁给中国人是多么的羞愧，甚至都不好意思在大庭广众之下牵手，而电视机前的观众在为这不幸的少女流下几滴怜悯的泪水的同时，也会警告自己的孩子要远离中国人。

毕业典礼。张少聿并没有像其他同学那样显得格外兴奋，他的心竟莫名其妙地慌张起来。张少聿谢绝了同学去酒吧庆祝的邀请，此刻，他是如此想念玛丽娜，他立刻回到家，要和玛丽娜一起分享喜悦。昨日温馨的房间，今天却安静的让人感到恐怖。玛丽娜走了，甚至没有留下分手时的祝福。快乐，转瞬即逝！痛苦，煎熬难捱！过去和现在急速交替，这一切都来得太快了！冥冥中张少聿已预感到一切，他并没有像上次那样疯狂地拨打玛丽娜的电话，因为他知道那是徒劳的。张少聿只是静静地走的床边，低头去嗅枕边那昔日恋人的气息……他的眼角变得湿润，那一段段动人的画面再次闪现眼前，提醒着心底的那份抽痛。是不是心灵脆弱的男人就不是真正的男子汉？不，痛哭不是女人的权利，也不是男人的禁区。张少聿再也无法忍受心中那如巨浪般的冲动，他斜靠着，一阵心如刀绞般的感觉传遍全身。他想大声地叫出来，释放憋在心中已久的苦痛，可声音小的连自己也听不到。滚烫的泪水滑过冰冷的脸庞，又回到了嘴中。爱情总能使人在瞬间从兴奋滑向孱弱。开始总是快乐，但结局却往往让人惨不忍睹。后悔？不，既然有勇气品尝快乐，那就应该微笑着迎接痛苦。没有快乐的滋润，就不会有痛苦的结局；没有尝到痛苦的味道，就不会笃定爱情。

无可奈何花落去，花自飘零水自流。

八月中旬的天气依然溽热，躲藏在茂密枝叶后的那只知了在为我们唱着一首音调单一的情歌。就这样，张少聿回到了祖国。他那英俊的脸庞变得憔悴，每天都在忙碌的人群中穿梭着，同其他的人一样，只为了下一口气而活着。

一天晚上，在一家饭店。张少聿和几个朋友在一起。大家觥筹交错，只有他一个人沉默着。

少聿，你怎么总是愁眉苦脸的，等明天我给你介绍个女朋友……

张少聿并没有理会朋友的调侃，他百无聊赖地望着挂在墙上的电视。

现在几点了？张少聿突然问道。

七点。

下午三点，那部经典的爱情剧又开始了……

时差

知道么，天堂是黑暗的，所以天使才是洁白的。

知道么，我习惯了寂寞，而它也爱上了我。

我是在萧瑟秋风中飘落的叶子。

离开了你，才知道生命即将结束。

女人是水，清澈的，温柔的。

男人像是钢铁一样的坚强，但无论怎样，他都会深深地沉入水中。

我们之间的距离是时差，就像太阳和月亮习惯在晨昏的交替中缘悭一面。

爱，原来可以变得如此沉重。

我习惯在命运戏弄人生时，轻声叹息。

就如那片静静的白桦林，在风中无奈地倾诉生命的匆促。

酒醉

奇怪的梦。疲惫的双眼带着血丝，我的面前只有一个空酒杯。

好吧。继续，干杯。

为了忘记，我只有酒醉。

想那梦里的人很疲惫，幸好不是我。

最后的画面，他还在流着泪。

干杯。为了……

为了再次与你在梦中相见，我只有酒醉。

想我一定喝的太醉，白酒才会从眼角流出来，只是它变成了咸味。

干杯。为了……

为了一次流干所有的泪。

想我一定喝的太醉，是酒精起了作用，你才会出现，依然对我依偎。

洗脸，好让自己分不清白酒和眼泪。

继续，干杯。

干杯。为了……

为了这苦涩的酒味……我已没有借口再劝自己多喝一杯。

我深深体会到这对恋人耳鬓厮磨的爱情；清晰地感受到张少聿对玛丽娜情如火燎。我能够理解张少聿内心的痛楚，我很想对他有所慰藉，帮助他把内心的坎坷夯实，铺平。写到这里，我的手有些发抖。因为张少聿的恋情不仅仅是他个人的悲剧，它所体现出的是一个国家的痼疾！是整个中华民族都必须立刻重视起来的严峻问题！

西伯利亚五月份的阳光依然恹恹的，总让人有种睡不够的感觉。带着沉重的心情，我来到咖啡厅。张少聿的身上散发着绅士般的气息，严肃却不严厉，他总是微笑着站起身和我打招呼。朋友的气色比起昨天来好了许多，我很欣慰。

还在想玛丽娜么？

我放下手中的咖啡杯问道。

张少聿淡淡的微笑中透着些许无奈，他松了口气说，如果我是颗明星，那么她就是使我发光的太阳……我这辈子算是折到这个女孩儿手里了。

张少聿自得其乐地调侃却让我的心中感到一阵的苦涩。

为什么又回到了俄罗斯呢？是为了等她么？

我也不清楚。

停顿片刻，张少聿接着说，但是有一点是可以肯定，尊严。是为了中国人的尊严我才选择回来，我希望可以通过自己的努力改变外国人对中国的看法。

张少聿把这句话说的铿锵有力，使我为有这样的同胞骄傲不已。

其实在回到俄罗斯之前我考虑了很久，最让我放心不下的是母亲，她为我操劳一生，我不忍心让她孤独地度过晚年。但妈妈非常支持我，她也希望我可以为祖国争光。

准备在这里长期住下去么？

不。我会回国的。只是……我在等一种感觉，一种命运的暗示。

那你现在靠什么生活呢？我是说……

我并没有亵渎艺术的意思，但现实很残酷，只是靠绘画度日，我想对于一个年轻的艺术家来说实在是太艰难了。

张少聿洞悉了我的窘状，他立刻补充道，我在大学担任中文老师，还在一家当地的公司兼职翻译，闲暇的时候会继续画画。

张少聿在教书的时候总有个习惯，就是在上第一堂课的时候他会询问同学们对中国的印象是什么。

长城。

红色。

自行车。

筷子。

丝绸。

还有熊猫。

……

大家的各自描述心中的中国。

张少聿继续问道，那为什么你们要学习中文呢。

对古老的东方文化感兴趣。

因为现在懂中文的翻译太少了。

因为父亲经常去中国做生意，他希望我学习中文，将来帮助他。

我想去新加坡。

……

张少聿可以理解大部分的几个理由，但他不明白为什么这个同学会以去新加坡当做学习中文的理由。

去新加坡没有必要一定懂中文呀。

张少聿立刻解释说。

我知道。我希望可以有一天到新加坡工作，因为那里的生活环境还有工作环境都非常好。但那里居住的大部分都是中国人，所以我想学会中文后就会更容易被他们接受。

那个同学思考一下，继续说道，张老师，为什么同是中国人，但为什么中国和新加坡的差距那么大呢？

对于这个突如其来的问题，张少聿显得不知所措。他的脸一下子红了。

……我想是因为多方面的原因吧。

那为什么中国政府不借鉴新加坡成功的管理模式呢？

其实中国已经开始向新加坡学习了，但是用一种模式治理每一个国家是不可能的。单纯的拿来主义不一定有益，我认为中国要学习的东西太多了，而这将是一条很艰巨的道路。

同是炎黄子孙，同是客家人的后裔，但为什么只有新加坡是华人中的佼佼者，可以得到世界的尊重？新加坡的确是华人中的骄傲，外国人甚至会把中国人分成四个等级：新加坡人，香港人，台湾人，中国大陆。这句话听起来让人伤感，但这其中的确也反映了我们的不足。个人认为，新加坡的成功和严明的法律是分不开的。只要可以学到这一点，我相信我们的国家就已经向文明社会迈进了一大步。

在教书期间，张少聿还认识了不少从国内来的学弟。当张少聿看到很多学生都把时间浪费在网络聊天，打游戏上的时候，他很失望。有相当一部分的留学生没能完成学业就回国了，但他们并不会为此感到羞耻，相反的还会理直气壮地说，我不能毕业是我爸爸的错，因为他没有把我送到美国去，在这又穷又冷的地方我怎么可能学习好呢；我学习不好是因为家长没有给我买汽车，不然我就可以在上学的时候节省更多的时间……一些留学海外的学子，他们从父母的身上学到的只是抱怨和狡辩。

在美国，有的中国留学生借着到国外攻读博士机会申请到全奖，但修完课程以后就中止学业，不做博士生研究，拿个硕士文凭走人，实现免费读硕的目的。富有天赋并在研究领域取得过卓越成就的中国博士生，在找到一份既高薪又有望申请到美国绿卡的职位后就马上中止了学业。对于校方而言，给博士生每年支付大约5万美元的学费、健康保险费、各种杂费、实验和计算机费，每个月发放的工资，就这样均付诸流水。学校不遗余力地帮助留学生提升研究能力，但最终的回报是，学生竟把难得的求学机会当做就业移民的跳板。

这极其不道德！

你会觉得自己竟然愚蠢到被自己的学生欺骗。

你尽力帮助他们，可他们却把你弄得像是个笨蛋一样团团转！

……

导师们相当失望、心寒、气愤。他们联名表态：今后不再考虑来自中国的申请者，包括来自名牌大学的学生在内。

另外一个例子，西班牙电话公司针对中国留学生“骗手机”行为修改客户合同条款事件。根据西班牙移动电话公司规定，凡是签订租赁电话线路的客户，电话公司均赠送一部手机。一般来说，赠送手机的价格是根据签订合同月租金多少而定。一旦客户签了合同、拿了手机，一年半内必须按时交纳费用，不能违约，否则罚款。但这样的优惠政策却被一些中国留学生钻了空子。很多留学生在学业结束准备回国前，和多家移动电话公司签订租赁线路合同，选择最贵的月租价格，拿到最新型号手机。拿到手机后，这些学生立刻注销银行账号，打包回国。电话公司不但得不到一分钱月租费，还损失了一部价值五六百欧元的手机。西班牙一些电话公司开始针对中国留学生客户修改合同条款，要求必须支付押金，在合同期满后才能退还。

中国留学生拿着骗来的战利品洋洋得意地炫耀说，回国前我总共‘骗’了两台手机，一台送女友、一台自己用。反正我也快回国了，就算被拉到信用的黑名单也没有关系。

从这两点可以看出，留学队伍中的一些学子非常抢眼，他们在外国人面前把中华民族的智慧展现得淋漓尽致。

有一次，张少聿在宿舍的门口看到一个中国留学生在大庭广众之下竟拿着一百元的美金擦鞋！这就是我们可爱的下一代！值得庆幸的是，这个学弟没能得到更多给国人丢脸的机会，因为没多久他就被开除回国了。留学的队伍中不乏纨绔子弟，他们互相攀比，过着奢侈的留学生活，有的拥有两部轿车，有的甚至有好几部。外国人习惯刷卡，而中国人认为现金更加实惠。当我们的孩子拿着一提箱的钞票去买轿车的时候，外国人都惊讶地感叹：中国人太有钱了！但出国劳务的工人的生活却是另一种景象。张少聿曾经接触过在俄罗斯种植蔬菜的中国农民，他们住在用几块木板搭成的窝棚里，碗筷凌乱地散落在地上，被褥和黑土地的颜色几乎完全一致，难以分辨，眼前的一切似乎使我们在瞬间回到了远古时代。炎热的夏日，却不得不点起一堆炉火驱赶蚊蝇，为了节省开支到附近的菜市场捡那些被外国人丢弃在垃圾桶里的动物下水，中国人吃苦耐劳的传统美德在这一刻完美体现。

张少聿所在的是一家建筑装饰公司，他的老板希尔盖先生非常赏识他。虽然张少聿的工作是翻译，但他很不喜欢别人这样称呼他。因为他认为翻译只是一张没有思想的嘴，而且被别人称呼翻译，总会有些汉奸的感觉。张少聿很欣赏希尔盖先生的教育方式，他经常随时随地地教育下属，培养他们的思考能力。

一次陪同老板外出的时候，张少聿在路上问道，希

尔盖先生，您怎么看中国人？

勤劳，聪明，友好……

我的意思是，中国人的劣性。在您的眼中，中国人的缺点是什么？

张少聿打断老板的话语，强调道。

希尔盖差异地望着张少聿，调侃道，你是中国人么？人家都喜欢听恭维的话，你怎么却问自己民族的缺点。

张少聿微微一笑，说，我当然热爱自己的国家，但我认为一个人或一个国家如果不了解自己的弊端才是最恐怖的事情。

希尔盖听完之后对这个来自东方的年轻人肃然起敬，他欣慰地点头称赞道，说的好！如果要我说中国的缺点的话，我想最重要的是思考。

张少聿一脸的惊讶，他没想到这个外国人竟一针见血地指出了国人的弱点。

希尔盖先生顿了顿接着说，曾经德国的一位大帝在教育自己的士兵的时候说道，一个不会思考的人就如同骡子，再怎样辛勤地工作也只能围着那个磨盘重复着转圈。人必须会思考，会创新，挑战更高的任务，这样才能更好地发展，完善自我！举个简单的例子，很多国家的孩子在上小学的时候需要背乘法口诀表，而在美国是不需要的。不止如此，像数学中的方程式，化学中的元素表都不用背，考试的时候拿出来看就可以。因为这些乘法表，方程式，元素表都是死的东西，美国人更加重视思考，运用。只凭这一点，美国就足以能够成为世界第一强国。

是的，我们浪费太多的时间用在记忆上，从而忘记思考的重要性。我们没有创新的能力，所以才会对抄袭乐此不疲，因此我们的国家才会被认为是臭名昭著的造假大国，盗版大国。中国最璀璨的文化在春秋战国时代，而从那之后我们的文化就被儒家所控制。儒家思想从定于一尊以后，经过一百多年，到了东汉成了一个模式。东汉时期的学子所发表的言论，文章都不能超越老师所传授的范围，这叫做“师承”。 学生只可围绕着老师所说的话团团转，超越了师承就是大不敬，学说无法成立，甚至还会触犯法律。汉王朝时的罪并不严重，但是到了明王朝、清王朝，如果官方规定用朱熹的话解释，那就绝不能用王阳明的话解释，根本不允许知识分子思考，因为他们已经完全替你思考好了。这个文化使中国自从孔子之后四千年间，没有出过一个思想家！老师不会把所有的知识传授给学生，因为他害怕被超越。正是因为像‘传男不传女，传内不传外’这样滑稽可笑的古训延续至今，所以很多宝贵的文化遗产，科学遗产才会在岁月的流逝中渐渐失去。因为思想被束缚，所以我们的想象力和思考力全都被扼杀、僵化，只能抱着祖先留下来的可怜的四大发明在外人面前炫耀。

去年某一天的傍晚，张少聿在机场等飞机准备回国探亲的时候，遇到这样一件事情。

大……大哥，您是坐 P314 的航班飞中国么？

张少聿回过头，看到面前站着一个小伙子。

是的。怎么了？

飞机会准时起飞么？不会晚点吧？

张少聿看到这个年轻人一脸紧张的表情，安慰道，不会晚点的，放心吧。你是第一次坐飞机回国探亲么？

是的。但确切地说，应该是被遣返回国。

遣返？发生了什么事情？

因为我所在的工厂被封了，护照也给丢了……

话语间张少聿发现这个年轻人的语气虚弱，好像大病初愈的样子。

张少聿问道，我看你精神不好，生病了么？

嗯，是的。今天早晨警察从病床上把我带走，到现在还没吃过东西。

跟我来。

说完，张少聿就把这个小伙子带到一旁的快餐店。

先吃吧，吃饱了再说。

张少聿把两个汉堡和一杯热牛奶放在年轻人的面前，说道。

谢谢！谢谢大哥！我……

小伙子感动的不知如何言语。

你多大了？

21。

小伙子咽下口中的食物，回答说。

吃饭的时候张少聿仔细的观察这个年轻人，他身材瘦小，乌黑的头发被银色的发线占去了大半，本应焕发青春朝气的脸上却满是疲惫。

小伙子吃完东西后精神好了许多，张少聿这才开口问道，现在可以和我说说究竟发生了什么事么？

这个年轻人工作的地方在距离市区 200 公里外的小

镇上，是一家由国人开的修车厂。在他们的对面还有另外一家由中国人开的修理厂。同行是冤家，因为这个小伙子所在的工厂效益好，所以另一家的老板就挖空心思地想要整垮他们。通过拉关系，送礼，最终以使用的化工原料对当地的环境造成污染为由，这家公司被同胞告上法庭，并被关闭。老板为了躲避支付巨额罚款，甚至都没来得及把护照还给工人们就偷偷地跑路了。因为这样，所有的中国工人都没有了合法身份，被集体遣返。更可悲的是，那个没良心的老板还拖欠着工人将近半年的工资！这个小伙子因为得了急性胃病，所以被延缓遣返，一直拖到今天。

你们的工资就这样被骗走了，还有办法找到那个经理么？

可以的。他是我们家的亲戚，我一年的工资都存在他那里，不会出问题的。

小伙子的语气显得非常肯定，但张少聿的内心深处却在担忧。在中国，骗人的往往就是身边的亲人，挚友。甚至在国外都同样如此。一个中国人面对逆境，困难的时候表现的异常勇敢，甚至可以激发他无穷的斗志。但若干个中国人凑在一起情况就会立刻发生变化，一条龙在瞬间变成了一条虫，或者连虫都不如。中国有一句俗话：“一个和尚担水吃，两个和尚抬水吃，三个和尚没水吃。”

法国和德国是宿愿深厚的邻居，二战之前的1100多年中他们打了两百多场战争，平均每5年就开战一次。为防止德国进攻，法国从1930年开始修建马其诺防线，

边境的炮楼距离德国只有10公里。战争给这两个持续仇恨了几个世纪的国家两败俱伤的惨痛教训，同时也启迪了他们相逢一笑泯恩仇的智慧。在法国和德国的带动下，整个欧洲统一了市场，统一了货币，组建了共同的议会，并因此形成今天繁荣的欧洲同盟国，一个超强的联合体就这样横空出世了。日本，他的面积大约是27万平方公里，尽相当于甘肃，但是他却成为第一个摆脱西方凌辱，唯一一个挤入帝国列强，靠侵略扩张国家领土，在国土外建立过殖民地的亚洲国家。2000年来，日本一直以中国为师，但当他看到师傅在鸦片战争中被英国的军舰打得一败涂地的时候，他却将此作为弃旧图新，迎头赶上的历史机遇。日本人尊敬敌人，尊敬强大的敌人。甚至直到今日，日本还在为150年前用坚船利炮强迫他们打开国门的美国将军：佩里，举行着盛大的纪念活动。日本人虚心学习，50 年前就可以做航空母舰。他们聘请外国技师，明治维新时期的一个外国技师的收入是日本高官的三倍。日本人团结，在团队遭受困难的时候他们可以毫不犹豫地放弃个人利益。这些就足可以证明，今天的日本能够成为除了美国之外第二大经济强国，绝对当之无愧。

我有些遗憾，并不是因为国际作家讨论会的结束，而是因为没有更多的时间和张少聿先生一起探讨中华民族的劣性。

如果不是因为班机延误，我就不会和玛丽娜小姐在机场邂逅。如果张少聿先生不是因为临时有事情没能来送我，那么这对恋人就会在机场重逢。难道这一切都是

天意？

当我听到广播中传出飞往北京的航班要延误3个小时的时候，心中不免有些沮丧。于是我拿出从国内带来的杂志，一边阅读一边打发时间。一阵急促的脚步声打断了大厅中的沉静，我循声望去，看到一位女士拎着行李急匆匆地跑向柜台。她的身影如此熟悉，我竟情不自禁地站起身，跟了过去。当这位女士听说飞往北京的航班还要等上三个小时的时候，她的脸上呈现出如释重负般的喜悦表情。

您好。您是玛丽娜小姐么？

我用生硬的英文和她打招呼。

女士这才侧过身，注意到一旁的我。

是的。您是？

我是张少聿先生的朋友。

当她听到‘张少聿’这三个字的时候，像是条件反射似的表情顿时显得惊讶。甚至都没来得及回敬我一个‘您好’就急忙问道，少聿他怎么样？还好么？

我邀请玛丽娜到一旁的餐厅长谈。

我还以为少聿早已回到了中国，没想到他依然留在俄罗斯。

玛丽娜自言自语地说着，她的眼神中透着一丝对命运如此安排的无奈和感叹。

这些天张少聿先生给我讲了很多关于你们的故事，从中反映了中国人的很多缺点。今天有幸遇到您，我真的很想听一听您对中国人的看法。

玛丽娜淡淡地微笑，然后说，您可以和我说中文的，

这几年我一直在中国工作，所以我的中文还可以……说到中国，我认为世界上没有一个民族堪称完美，任何一个人任何一个国家都有自己的优点和缺点。我以前对中国的看法太偏激了，因为这个偏激的理由而冷酷地离开少聿是我一生最大的错误……不过，上帝是公平的，他已经通过另一种方式惩罚了我……如果可以的话，我真的希望离开少聿后的那两年的记忆是一片空白。

也许冥冥中已注定，我将成为这对恋人传递情感的信使。虽然初次相识，但玛丽娜小姐在对内心的表白上并没有任何的遮掩，她为我讲述了和张少聿分手后的那段时光。

离开少聿后的第一段恋爱非常短暂。本以为可以借着新的生活淡忘张少聿，可玛丽娜没有想到自己竟被一个小她五岁的稚嫩小伙欺骗。当玛丽娜知道这个年轻人是个不折不扣的花花公子之后，就气愤地毅然离开。毕业后的玛丽娜留在学校做俄语老师，很长一段时间里她都是单身。我很惊讶，玛丽娜和张少聿竟然如此巧合的在同一所大学工作，但他们却再未相遇过！命运仿佛又回到了最初点，让这对恋人纵然相隔咫尺也会擦身而过，缘悭一面。有一次在玛丽娜和朋友外出去看电影的时候，她遇到了生命中的另一个男人。玛丽娜坠入了爱河，她准备好为了这个男人贡献一生。由于玛丽娜工作表现突出，学校推荐她以外教的身份去中国工作。玛丽娜犹豫了，因为割舍不下这份感情。玛丽娜信心十足地提出结婚，可她万万没想到一直在她耳边甜言蜜语的男人却在这一刻变得冷酷无情。拒绝的理由很简单，因为这个男

人是个有妇之夫。玛丽娜只感到天旋地转，她无法相信一起生活了一年之久的恋人竟是育有两个孩子的父亲！玛丽娜气愤，失望，但是她还在试图挽救这段感情。这个男人在暴露原形后变得狰狞恐怖，他甚至没有因为玛丽娜已经怀有两个月的身孕而产生一丝的怜悯，无情地将她赶出了家门。玛丽娜在做完人工流产的第二天就离开了俄罗斯，来到中国后她立刻投入到工作当中。玛丽娜疯狂地工作，不给大脑任何胡思乱想的机会。身心的疲惫再加上水土不服，玛丽娜很快就病倒了。

我非常感谢中国。是中国的医生挽救了我，给了我新的生命。

您现在长期在中国教书么？

是的，这次回来是办理一些手续。今天在来机场的路上汽车坏掉了，如果不是航班延误的话，我就只能改坐后天的航班了。

还会……还会想起张少聿么？

玛丽娜转动着面前的咖啡杯，她沉默着，眸子变得朦胧。

如果您希望的话，我可以把他在这边的地址告诉您。我强调道。

玛丽娜微笑着说，谢谢，不必了。如果我和少聿真的有缘分的话，我相信我们一定会再见面。

我诧异玛丽娜竟然和张少聿一样笃定命运。可命运如此的残忍，冥冥中让张少聿回到俄罗斯等待着爱人，同时却又刻意地把玛丽娜送到中国寻找缘分。我默默的祈祷，如果上天可以看到这对苦命的恋人，那就让他们

早日重逢吧！

家，让人放心的港湾。妻子的脸上洋溢着喜悦，她对我嘘寒问暖。女儿兴高采烈地跑过来，用柔弱的小手搂着我的脖子撒娇，爸爸，爸爸，快带我去麦当劳！

倏忽间我懂了，国人被西化了，甚至懵懂的孩子都已经被完全的西方化了。而这种融化却仅仅局限于物质上的追求，大家都以穿外国名牌，开外国轿车当做时尚，荣耀。我很庆幸，庆幸同胞的宽容大度，至少他们在兴高采烈地把钞票塞进外资公司的腰包的同时并没有贬低自己的国有企业。

妻子是一名妇科医院的医生，晚上，她躺在我的怀中虚声叹气。经过询问我才知道，现在到医院做人工流产的群体中有很大一部分是十七八岁的少女，而她们之中更多的是从农村到城市里打工的女孩子！

现在的孩子都是怎么了？！根本不会因为做人流手术感到脸红，有的甚至已经做过三到四次了！难道她们就不担心将来无法再生育么？难道这些孩子把流产也当做追逐潮流的目的么？！

妻子愤愤不平地抱怨着。

农村追逐城市的疯狂正如城市追逐国外一样的狂热。农村孩子脸上的纯朴在城市绚丽的霓虹灯照射下荡然无存，他们身着奇装异服，把自己打扮得奇形怪状好像外星人。他们想尽一切办法只是为了可以得到城里人的注意，可以融入城里人的生活。这种盲目的追逐完全扭曲了潮流的真谛，从而使整个社会陷入到一个混沌的状态。城市应该用它的现代文明带动农村，而农村在发展的同时应该保留它恬静的田园风格，使大家在互相学习，共同发展的同时各有所长，各具特色。

回到家的第二天我就在报纸上读到这样一份感人的报道：昨日在南方的某座城市，一位军人为了救助落水儿童英勇牺牲。今天，整个城市的人民自发的走上街头，用各种方式纪念这位英雄……我为祖国有这样的好军人感到骄傲，同时我的心中一阵刀绞般的痛，因为我们又失去了一位仅存不多的善良的同胞。英雄在水中挣扎着呼救，我已经不行了！快来搭我一把！……而在岸边围观的群众依然麻木地伫立，袖手旁观。我们仁慈的人民似乎在期待着，期待着这位军人消失在水平面，然后好在神灵的面前展示他们是多么的缅怀这位亲人。

为什么很多的中国人宁愿离乡背井，到国外去过寄人篱下的生活？为什么很多的优秀人才要“楚材晋用”？为什么中国人总是受到外国人的排挤和鄙视？为什么当今的社会变得如此冷漠？我翻阅书籍，希望可以找到答案。

中国拥有悠久的历史，而五千年的历史中却只有三个黄金时代。第一个黄金时代是春秋战国，那时候各式各样的思想、各式各样生活方式，同时并行。第二个黄金时代应该在唐王朝，唐太宗李世民大帝的贞观之治，到唐明皇李隆基在位中期，不过一百年左右。第三个黄金时代，应是十七世纪六十年代到十八世纪六十年代清王朝中叶。而其他的四千余年里呢？在一部《中国历代战乱编年史》中，我们可以轻易地看到在中国历史上几乎每年都有战争发生。取朝换代之间的混沌时期大概要三五十年，由废除旧的政权到新的政权的安定又要二十

年左右，然后政权再腐败，反抗力量再起，大混战重新到来，陷入治乱相迭的恶性循环。中国历史渊源，国土辽阔，人民的心胸应该磅礴四海，非常开朗才对，但因为长期的贫穷、杀戮、忌猜，使我们的心胸反而十分狭窄，使我们在渴望和平自由的同时变得懦弱，猥琐。春秋战国时候，君臣之间是平起平坐的，到了公元前二世纪的西汉王朝，就是在刘邦当皇帝的时候，也就是儒家学派当权的时候，叔孙通制定了朝仪，使帝王成为一种庄严、肃穆，甚至恐怖的权威。大臣朝见皇帝时，有卫士在旁边监督，任何人的头都要低着，如果有人在皇帝还没有问到他的时候把头抬起来就要受到处罚。这样的改变，使得君王远离人民，跟人民保持一段距离。到了十世纪宋王朝，皇帝和宰相坐而论道的日子，一去不返。这看似很小的变革却意义重大，因为从此君和臣，官和民之间的距离愈拉愈远了。到了十四世纪明王朝，这种皇权发挥到极致，人性的尊严受到彻底的伤害。明王朝建立了一种“君父”观念，君就是父，也就是说，皇帝就等于你的父亲。这种观念一经建立，所产生的流弊，无穷无尽。悠久的封建制度、封建社会、封建势力使人们对自尊的渴望几乎泯灭，这对中国的影响太大了。

我不是历史学家，也不是任何一种宗教信仰的批判家。但不得不承认，孔老夫子是位伟大的人物。他的儒家思想对中国影响至深，甚至受到许多外国学者的追捧。可悲的是，在历史的演变中，我们把儒学中的宝贵思想“仁义道德”发挥的变了质，从而开始崇尚“虚伪冷漠”。没有一种学说是完美的，儒学也是如此。孔子的基本精

神是保守的，严格说，儒家不但是保守的，而且是反对进步的。儒家这个“儒”字在春秋以前是祭祀典礼所用的司仪，因为他了解祭祀程序，所以遇到国家重要典礼的时候甚至皇帝都会遵循他的意见。这种人在本质上是崇古的，因此儒家思想在中国造就了坚强的保守意识，因此中国社会在这种意识之下丧失了创新的动力，因而也没有了自我检讨、自我反省、自我调整的能力。美国人有错误、有偏失，但是美国人有改正错误的能力。而中国在长久的崇古、不求上进、保守中渐渐丧失了这个能力。儒家学派有一种说法：“利不十，不变法。”这句话的意思是说，没有百分之百的利益就绝不可以改革。这种观念正是我们中华民族不能进步、不能强大的重要原因。任何的改革都不可能做到十分之十的利益，只要利大于弊，那就是最大的突破。

从历史的角度看，中国并不是没有民主的传统，尧舜禹汤实行的公天下就不会输给现代的民主选举制度。战国春秋时代是个自由风气鼎盛，百家争鸣的时代。自从汉朝罢黜百家，独尊儒术之后，中国的民主和自由思想就被完全束缚。历经千余年，儒家思想在维持封建道统所起的作用，实在不能低估。商鞅是法家思想，他的变法把秦国变成一个强大的国家，最终使秦始皇在历史上第一次统一了中国。在未变法之前，人民的生活是父兄姐弟都睡在同一个炕上，从这一点就可看出当时的社会是多么的野蛮落后。而商鞅使人们过上文明的生活，不准父母子女同房，也不准哥哥妹妹同房。他的变法不是物质上的改革，而是制度的，社会的，教育文化上的基本改变。

纵观世界近代的五百年历史，当中国的大清王朝268年的江山才刚刚坐了几十年的时候，英国的民众已经把查理一世送上了断头台，工业革命和文艺复兴的序幕使英国率先到达现代文明的入口处。1789年，法国巴士底监狱的大门被愤怒的民众攻破，而此时的中国还在享受着乾隆盛世。当整个欧洲都已经进入到工业化时代的时候，中国的慈禧却在为筹办自己的生日宴会到处搜刮着民脂民膏。如果历史可以改变，我真的希望鸦片战争可以来的更早些。因为对于古老的中国来说，西方现代化的文明应该是越早进入越好。漫长的历史进程中，其社会发展，历史演变，人文进化，都是相当复杂的。两千多年来中国所有的罪恶负责是否都要归咎于儒家，个人看来，这个问题并不重要，重要的是我们应该正确认识自己的错误，并加以改正。

德国的面积相当于云南，英国的面积相当于贵州，法国的面积并不会比四川大，日本的面积相当于甘肃，世界经济五强中除了美国以外，加起来的总面积还不到中国的一半！但他们是世界强国，而我们却不是。国家的强大离不开教育！民族的尊严离不开法律！所以我们要学习美国人自由的思考方式，传统的死记硬背的学习方式只会扼杀创新能力！我们要学习德国人的严谨，绅士风度，学习他们那种互相监督，把每一个孩子都当做自己的亲人，看到有谁犯错就上前教育的社会风俗！中国人根深蒂固的病源正如孙中山先生在自传中写到的，中国人如同散沙，没有凝聚力。我相信孙先生在写这句话的时候心中一定充满了悲痛，充满了对一个强大民族的渴望！ 所以，日本人的团队精神是值得我们学习的！乱丢垃圾，随地吐痰，破坏公物，没有秩序，这些最基本的毛病是我们必须要改正的。

我把国人的劣性归纳出来，挂在墙上，每天起床后都要默念一遍。我不仅以此警告自己不要犯这些错误，而且还像张少聿先生那样用自己的行为来影响周围的人。

半年后的某一天的清晨，我接到一通电话。

您好。请问车飞，车先生在家么？

是的。您是哪位？

我是张少聿。

你好！你好！好久没联系了，你过得怎么样？已经回国了么？

突然接到这位年轻朋友的电话使我感到又惊又喜。

还不错。谢谢！我打电话是想告诉您，下周我会回国参加一个国际画展。如果有时间的话，希望您能来参观。

当然！我一定到！

说话的时候，我一直在犹豫是否应该把玛丽娜在中国教书的事情告诉张少聿，可是我又担心这样做的后果只会亵渎他们的信仰。挂断了电话，我还在考虑着应该怎样来暗示这位朋友。

一周后，我如约来到展厅。我远远地就看到张少聿先生，他英俊的脸庞上挂着微笑，唇角参差的胡渣使他更显艺术家的气质。张少聿被一些记者围拢着，在回答他们的问题。见朋友在忙，我就没有上前打扰，一个人欣赏着画廊里各国画家带来的作品。那幅熟悉的画卷再次映入眼帘，使我回想起第一次和张少聿先生邂逅的情景。我相信这一定是天意！当我回过头，发现玛丽娜小姐正对着那幅《等》出神的时候，惊讶地简直不敢相信自己的眼睛！

您好！没想到我们会在这里见面！

玛丽娜小姐这才回过神来注意到我，她急忙向我打招呼说，您好。真是太巧了！

您怎么会在这里……

玛丽娜看出了我的疑惑，解释道，我是来北京参加个会议。今天休息，所以就出来逛逛，可没想到竟在这里看到少聿的作品……

他就在这里！

我强调道。

玛丽娜没有说话，但从她的神情可以看出，她兴奋，紧张。

我在心中暗自叫苦，张少聿！你命中的女神就在眼前，如何却看不到呢！！！一个目光，只要投来一个目光你们就可以再次重逢呀！！！

少聿！

也许是命运提出了暗示：缘分已经到来。这一刻，玛丽娜没有再犹豫，她激动地喊了出来。

张少聿在一瞬间僵住了，他的目光变得呆滞，仿佛在努力回忆这似远又近的声音。

终于，这两对阔别多年的目光再次相遇。张少聿挤出人群，缓缓走了过来。

玛丽娜望着昔日的恋人，他的眸子还是那么热烈，灼人……玛丽娜的眼角湿润了。

你的眼泪是大海里的珍珠，不要轻易失去。

少聿……

玛丽娜！……五天后，在我们最初相遇的地方，同一个时间，同一个地点……等我！

我很荣幸得到张少聿先生的邀请，同他一起去俄罗斯的那个南方小镇。

你们是来这里度假的么？

是的。当时我和几个同学一起来到这家餐厅，安顿就坐在现在您坐的这个位置上。

安顿是你很好的朋友吧？

恩。只是他……哎！真没想到他竟会……

没想到我不经意的问题又勾起了张少聿痛苦的回忆。为了引开朋友的注意力，我急忙说，这家餐厅装修的很不错，和你们当初来的时候有什么变化么？

没有。一切都和从前一样。我记得当时同学在给我们讲笑话，然后我……

张少聿的话语突然停止，使我有些不知所措。

少聿，你怎么了？少聿……

朋友依然没有回答。他望着窗外，眼神变得朦胧，渐渐的，他的脸上露出了微笑，整个人在一瞬间亮丽了起来……

爱！不可以用时间来衡量！却可以用生命来证明！命运太过神奇，它在给我们留下遗憾的同时也为我们创造了奇迹。不是么？

俄罗斯味道

窗外，雪还在下，静静地。

手中的笔悬着。想要写些什么，对你的亏欠——10年。

谢谢你给予的一切，新的生命，新鲜的灵感。

想你也带走了我生命的某些：爱。

我并不寂寞，只是在想你的时候会感到孤独。

你的样子依然清晰，发如清晨的阳光金黄，眸是天空的湛蓝。

只是写你的日记本已经退了颜色……

爱的味道是苦涩，我伫立在她的怀中，等待着欢乐。

俄罗斯的味道是什么？

刚强！像是《莫斯科不相信眼泪》？

俄罗斯的味道是什么？

浪漫！像是《办公室里的故事》？

俄罗斯的味道是神秘。

所以才会对你眷恋不已。

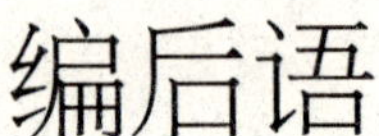

编后语

对这部小说的创作在脑海中构思了很久。之所以未动笔是因为一直没有确定哪种形式可以更好地将小说的中心思想展现给大家。我个人不是很喜欢论文式的写作，因为它的学术性很强，但太死板，缺乏艺术创作中所需要的生命和灵感。

在完成小说后，我将它通过电子邮件的方式发给朋友。朋友看完回信说，你的《时差》仿佛团烈火在的心中燃烧，使我浑身都在发烫。我很欣慰，因为我的目的达到了。我和每一位同胞一样，深深热爱着祖国！中国在走向繁荣，在走向盛世，但同时我们不可以忘记自身的缺点，因为它才是我们通往强国之路上最恐怖的敌人。我就是希望可以通过《时差》提醒同胞内心深处的痛！就是希望可以通过这段异国恋情，从而深刻揭露那根深蒂固地存在于国人身上的劣性！

朋友在回信中还提到，为什么你所有小说中的人物的名字都是一样的，不觉得这样做太缺乏新鲜感么？我没有为小说中人物的名字苦想是因为觉得没必要。几部小说中的人物名字是一样的，但他们的性格，经历，却是截然不同，这样读起来反而会使读者有种赏析悦目的感觉。

终于对《时差》做完了最后一次修改，我如释重负般深深松口气。希望《时差》可以引起国人的共鸣，希望我可以通过文字的形式对祖国的发展做出贡献！

最后，要特别感谢 Chaplya Vera Vladimirovna 女士为完成《时差》所提供的帮助！感谢您为我在创作上提供的灵感！谢谢！

终
托 市
2010 年 06 月 19 日
15：50